BoD

Vorwort

Lieber Leser,

Ich muss Sie vorsichtshalber warnen!

Das Buch darf Minderjährigen nicht zugänglich gemacht werden!

Bei diesem Gedichtband handelt es sich um erotische Geschichten in Gedichtform.

Erotische und sexuelle Zonen und Praktiken werden hier offen beim Namen genannt.

Wer damit nicht klar kommt, sollte tunlichst darauf verzichten weiter zu lesen.

Da der Inhalt teilweise auch Fetisch orientiert ist, geht es doch manchmal auch um Gummi- und Latex-Spielereien, die auch Fesselspiele nicht ausschliessen, sollte man schon ein Fable für diese Thematik haben. Dann allerdings wird man beim Lesen vor seinem geistigen Auge die erregenden Momente miterleben können.

Andere Gedichte sind von tiefgreifender Zärtlichkeit und Zuneigung geprägt oder haben zuweilen auch einen etwas philosophischen Hintergrund.

Otto von Busenberg

Reife Träume

...

heisse Gedanken

Erotische Gedichte eines Senioren

Impressum

Bibliografische Information der Deutschen Nationalbibliothek:
Die Deutsche Nationalbibliothek verzeichnet diese Publikation in der Deutschen Nationalbibliografie; detaillierte bibliografische Daten sind im Internet über http://dnb.dnb.de abrufbar.

Zweite überarbeitete Auflage.

© 2020 Otto von Busenberg

Herstellung und Verlag: BoD – Books on Demand, Norderstedt

ISBN: 978-3-7519-0402-5

Dieses Buch ist auch als E-Book erhältlich.

Titelverzeichnis

Wunderschöne dicke Frauen (BBW)

Ich liebe schöne dicke Frauen
ja ihr könnt euren Augen trauen
was ich hier schreibe ist kein Witz
mollig und knuddelig macht mich spitz.

Lieber rund und gesund als schlank und krank
es gibt schöne Runde Gott sei Dank
mit herrlichen Schenkeln und weichen Armen
mit liebem Herzen einem warmen.

Darüber wogt ein grosser Busen
verführt uns Männer gleich zum Schmusen
die sanften Augen und die zarten Lippen
bringen einiges bei uns zum Wippen.

Und hast Du so was erst im Arm
wird dir nicht nur im Herzen warm
Gefühle fangen an zu kochen
der Puls bis an den Hals zu pochen.

Ich liebe diesen weichen Bauch
und den grossen Hintern auch
ein überall rund geformter Leib
so was nennt man ein Prachtweib.

Mollige sind Erotik pur
und ich sage das nicht nur
der Mann der dieses hier erzählt
hat sich so eine ausgewählt.

Ode an die schönsten Brüste....

....oder die indirekte Einladung

Ich wünsch' mir es wird mal geschehen
dass ich darf Deinen Busen sehen
nicht nur im BH schön verpackt
sondern real und total nackt.

Dein Bild das macht mich ganz verrückt
doch nur im Traum wurd' ich beglückt
dass Deine Brüste vor mir schwanken
und nur allein schon die Gedanken
die Dinger einmal anzufassen
werden mich immer hoffen lassen.

Statt auf dem Bildchen nur zum Teil
möcht' ich Dich ganz seh'n, das wär' geil
so würden das die Jungen sagen
ich trau mich fast nicht es zu wagen
Dir mal persönlich das zu schreiben
so muss ich mir die Zeit vertreiben
es in Gedichtform zu erfassen
statt Deine Brüste anzufassen.

Im Traum da war es kein Problem
und es war mehr als angenehm
den BH sanft Dir abzustreifen
und zärtlich nach der Brust zu greifen

Ich hab den Kopf hineingedrückt
und wurde dabei fast verrückt
in diesen herrlich weichen Glocken
haut's einen Mann fast aus den Socken
hier lege ich mich gern zur Ruh
und Du hältst mir die Ohren zu.

Die Welt kann mir gestohlen bleiben
mit Deinen Brüsten möcht' ich's treiben
will streicheln saugen und auch schmusen
denn bei dem schönen Riesenbusen
da fällt mir noch so vieles ein
ich möchte Dein Busensklave sein!

Ich möcht' beim Duschen assistieren
mit Schaum sie zärtlich einzuschmieren
muss herrlich sein für meine Hände
sie abzutrocknen dann am Ende
und mit Creme einzureiben
so möcht' ich Dir die Zeit vertreiben.

Sag mir ich soll die Warzen küssen
und ein wenig saugen müssen
bis Deine Nippel gross und dick
und wünsch' Dir einen Busenkuss.

Ich trau mich nicht das hier zu schreiben
doch noch so gerne würd' ich's treiben
nach Deinen Wünschen Dich verwöhnen
gehört zu den Dingen den ganz schönen.

Als ich den Mund voll Busen nahm
dabei fast keine Luft bekam
da war für mich die Welt perfekt
genussvoll hab' ich sie geleckt
die Warzenhöfe gross und rund
die steck' ich gern im meinen Mund.

Auch die Brust mal schön verpackt
und nicht der ganze Körper nackt
ein Bild in herrlicher Korsage
bringt manchen Kreislauf auch in Rage.

Komm ruf' mich an und schreibe mir
den Rest besprechen wir nicht hier
ich würd' mich freuen auf ein Zeichen
Du kannst mich jederzeit erreichen.

Ich sage Dir ich bleib ganz lieb
denn der der diese Zeilen schrieb
der liebt vor allem grosse Brüste
und die anderen Gelüste
was einen Mann noch so beglückt
die werden notfalls unterdrückt.

Der Duft

Heute kann ich es verstehen
was damals ist mit mir geschehen
zu der Zeit war mir noch nicht klar
was da mit mir geschehen war.

Ich sah sie oft im Restaurant
sie war mir nicht ganz unbekannt
sie hatte irgendwas an sich
und das faszinierte mich.

Ihre Kleidung war adrett
und sie war auch sonst ganz nett
sie hat den Kaffee mir gebracht
und manchmal einen Witz gemacht.

Doch es lang nicht an dem Gewand
dass ich so plötzlich auf sie stand
da war etwas ich könnte schwören
das tat mich ziemlich stark betören.

Ich wollte ihre Nähe spüren
doch wozu soll das noch führen
das war mir damals noch nicht klar
zumal ich viel zu schüchtern war.

Da waren diese heissen Tage
die Bullenhitze eine Plage
ich wollte nur noch an den Fluss
weil man sich ja kühlen muss.

Es war fast schon Mitternacht
und ich hätte nie gedacht
dass ich wage diesen Schritt
ich fragte sie und sie kam mit.

Wir fuhren in ein kleines Tal
hier war ein Fluss relativ schmal
kein Mond war da nur Sternefunkeln
das Wasser suchten wir im Dunkeln.

Ich hatte Feuer angemacht
sie hatte etwas mitgebracht
Brötchen und 'ne Flasche Wein
baden kann romantisch sein.

Da war ein Drang schon fast ein Müssen
ich sehnte mich nach ihren Küssen
doch ich traute mich nicht ran
zum Schluss hat sie es dann getan.

Es war einfach wunderbar
und so wurden wir ein Paar
ich erinnere mich daran
etwas zog mich magisch an.

Vier Jahrzehnte ist es her
und ich liebe sie noch sehr
ich hab' es immer schon gespürt
es war ihr Duft der mich verführt.

Leg' ich mich dann an ihren Busen
um zu kuscheln und zu schmusen
der Duft ist auch an ihrer Brust
und das steigert meine Lust.

Glaubt mir es ist nicht gelogen
ich werde magisch hingezogen
so dass ich mich nicht wehren kann
der Duft zieht mich in seinen Bann.

Und liege ich im Bett allein
so schlafe ich dann langsam ein
wenn ich bei ihrem Kissen liege
den Duft in meine Nase kriege.

Kommt sie später dann zu mir
sagt sie oft: „Was machst Du hier
so habe ich doch keinen Platz
los rutsch' rüber lieber Schatz."

Ihr Duft der zieht mich magisch an
und was ich heute sagen kann
es liegt dann Liebe in der Luft
wenn er stimmt der richtige Duft.

Vorfreude

Ich werde in Geduld mich üben
und nichts soll meine Freude trüben
und wenn's auch nur Vorfreude ist
dass mal mein Mund den Busen küsst
der heisse Träume mir beschert
denn Deine Nippel sind begehrt.

So hoffe ich auf schöne Stunden
denn endlich habe ich gefunden
was zärtlich ich gern küssen mag
und irgendwann da kommt der Tag
da leg' ich mich zu Deinem Busen
um zu küssen und zu schmusen.

Ich möchte streicheln und dran saugen
und schaust Du tief mir in die Augen
wirst grosses Glücksgefühl Du sehen
es könnte stundenlang so gehen
möcht' überall Dich gern verwöhnen
und wenn es sein soll bis zum Stöhnen.

Und wenn's nicht soweit gehen soll
ich finde Du bist trotzdem toll
auch wenn ich dies und das verpasse
Du bleibst 'ne Frau der Superklasse
zu reden mit Dir das tut Gut
und gibt mir wieder neuen Mut.

Denn irgendwann sind wir bereit
für eine Handvoll Zärtlichkeit
die wir uns gegenseitig schenken
ohne gleich an Sex zu denken
mit viel Gefühl uns zu erkunden
in ein paar wunderschönen Stunden.

Wenn alles kann und nichts ist müssen
darf ich vielleicht noch anderes küssen....

Ich küsse Dich....

Der ewig Suchende

So sucht er nun schon Jahre lang
mit seinem grossen Busendrang
nach dieser Frau so wie er meint
die wirklich unauffindbar scheint.

Er liebt es gross er liebt es mächtig
Busen und Hintern wirklich prächtig
naturbelassen muss es sein
er lässt sich nicht auf Kunststoff ein.

Kein Push-up und kein Silikon
riesengross dann aber schon
nicht Körbchengrösse B bis C
dann schon eher F bis G.

Sucht ewig schon im Internet
nicht nur für eine Nacht im Bett
kein 'One Night Stand' kein Abenteuer
denn solches ist ihm nicht geheuer.

Eine Muse soll es werden
für ihn die schönste Frau auf Erden
nicht perfekt wie ein Modell
doch ehrlich, frei und ideell.

Sie soll zum Schreiben ihn anregen
soll sich an seine Schulter legen
soll auch ein Spielgefährte ein
ihm fallen viele Spielchen ein.

Vor allem mit Bondage Sachen
will er ihr eine Freude machen
er möchte ihr den Busen schnüren
sie so zu Höhepunkten führen.

In RW oder auch mal nackt
sogar in Gummi mal gepackt
und Bilder möcht' er von ihr machen
vom Fesseln und von andern Sachen.

Warum nicht mal mit Gold bemalen
ihr ganzer Körper würde strahlen
von Kopf bis Fuss mit Gold bedeckt
da wird die Fantasie geweckt.

Ihren Körper modellieren
auch Sauggeräte mal probieren
und mit vielen anderen Dingen
zu Orgasmen sie zu bringen.

Kein sturer Sex mit rein und raus
denn das löst Langeweile aus
und wenn es mal nicht funktioniert
wird etwas anderes ausprobiert.

Lässt die Potenz im Alter nach
ist das noch lang' kein Ungemach
was anderes lässt sich auch verwenden
mit Zunge oder beiden Händen.

Willst Du Ekstase und noch mehr
so muss ein 'Turbovibi' her
der Höhepunkt der ungeheure
kommt wenn ich mit dem Handy steure.

So träum ich eben vor mich hin
und immer noch am Suchen bin
doch irgendwann in meinem Leben
muss es diese Frau doch geben.....

Die Vergoldung

Da freut sich doch ein jeder Mann
wenn er etwas malen kann
nichts renoviert nichts umgebaut
heut' malt er auf die nackte Haut.

Im Internet jedem bekannt
wird Bodypainting das genannt
mal bunt mal Hochglanz diese Welt
halt eben so wie es gefällt.

Mal eine Blume mal ein Tier
dargestellt wird alles hier
auf weicher Haut wird aufgebracht
was gerade Freude macht.

Ich wünsch' es mir in purem Gold
sie hat es nun mal so gewollt
von Kopf bis Fuss total vergolden
werd' ich den Körper meiner Holden.

Zur Erfüllung dieser Träume
braucht's nun mal spezielle Räume
ein Atelier mit gutem Licht
etwas besseres gibt es nicht.

Im Farbtopf muss man kräftig rühren
darf kein Knöllchen mehr verspüren
man darf nur Körperfarbe nutzen
sonst gibt's Probleme beim Wegputzen.

Im Badetuch steht sie vor mir
und ich flüstere zu ihr
lass mich aus dir ein Kunstwerk machen
und lass fallen diese Sachen.

Vor mir steht eine nackte Frau
und ich sehe schon genau
wo ich zuerst beginnen werde
das schönste Kunstwerk dieser Erde.

Erst wird ein Ölfilm aufgebracht
weil es das Reinigen einfach macht
vergessen sollte man das nicht
derweil sie glänzt im hellen Licht.

Mit Öl bedeckt ist ihre Haut
so wie eine Götterbraut
steht sie vor mir mit breitem Lachen
mein Gott ich muss doch weitermachen.

Es ist ein Dürfen und kein Müssen
ich beginne mit den Füssen
so steht sie da gespreizt die Beine
'ne richtige Muse wie ich meine.

Den Anblick finde ich ganz toll
ich pinsle weiter Zoll um Zoll
erst bis zum Knie dann bis zum Po
die andere Seite ebenso.

Ich muss mich richtig konzentrieren
nicht zuviel Farbe drauf zu schmieren
vor allem im Intimbereich
weil es sonst tropft das sieht man gleich.

So geht weiter bis zum Bauch
der soll im Golde glänzen auch
der ganze Rücken wird bemalt
bis auch er im Golde strahlt.

Dann das bepinseln dieser Brüste
weckt in mir besondere Lüste
ganz langsam zärtlich sie bemalen
bis sie total vergoldet strahlen.

In Gedanken so versunken
sollte ich doch weiter tunken
die Arme sind ja auch noch dran
nun mach mal weiter Mann oh Mann.

Die Hände bis zu Fingerspitzen
soll ich auch malen ohne spritzen
den Hals hinauf bis zu den Ohren
mal ich sie an ganz unverfroren.

Dann das Kinn hoch bis zum Munde
so male ich nun fast 'ne Stunde
mein Schatz nun mach die Augen zu
während ich sie malen tu'.

Die Stirn und auch der Haaransatz
sind nun vergoldet lieber Schatz
total in Gold von Kopf bis Fuss
für den Betrachter ein Genuss.

Nun wird die Kamera gezückt
und Du in Gold total verrückt
denn diese ausgefallenen Sachen
wollten wir schon lange machen.

Die Einladung

Sie lädt mich heut' zum Kaffee ein
zu Kaffee sag' ich niemals nein
also fahr' ich zu ihr hin
mal seh'n ob ich hier richtig bin.

Aha da steht das grosse Haus
und sie winkt schon oben raus
Ich gehe hin zur grossen Tür
mein Herz es pocht kann nichts dafür.

Dann geht die grosse Türe auf
ihr Anblick raubt mir fast den Schnauf
figurbetont ist was sie trägt
und mir den Atem gleich verschlägt.

Denn bei so geschnittenen Blusen
sieht man einen Teil vom Busen
mein Blick wird magisch hingezogen
da wo die beiden Hügel wogen.

Ihr ist mein Blick auch nicht entgangen
und ich denke schon mit Bangen
was sie wohl von mir denken mag
so frech und das am ersten Tag.

Ich steh' nun mal auf grosse Brüste
mich überkommen dann Gelüste
die Dinger irgendwann zu küssen
noch besser wäre küssen müssen.

Jetzt nimmt sie mich in ihren Arm
den Busen spüre ich ganz warm
„Komm doch rein, bleib nicht hier stehen
wir wollen in die Küche gehen."

„Der Kaffee der ist schon gemacht
und ich habe mir gedacht
von meinem selbst gebackenen Kuchen
willst Du sicher auch versuchen."

Ihr Kuchen der schmeckt wunderbar
doch bei mir ist eines klar
bei einem Blick in ihr Gewand
raubt was ich seh' mir den Verstand.

Und immer wenn sie sich leicht bückt
wirkt mein Blick schon leicht entrückt
denn dieses wunderbare Weib
hat viele Kurven auf dem Leib.

Der Busen gross, die Hüfte breit
da werden meine Augen weit
und es würde mir schon passen
das alles einmal anzufassen.

Doch schüchtern wie ich nun mal bin
krieg' ich das nicht so einfach hin
das zu berühren tät' mir gut
doch dazu fehlt mir der Mut.

Macht sie einmal den ersten Schritt
mache ich sehr gerne mit
die weichen Formen anzufassen
vielleicht wird sie sich küssen lassen.

Nicht mit den Lippen nur zu schmusen
ich küsse gern auch ihren Busen
im Traum hatte ich es getan
sie liess mich an die Nippel ran.

So saugte ich da wie ein Kind
und ich merkte dann geschwind
die Nippel werden hart und gross
und auch etwas in meinem Schoss.

Es war halt eben nur ein Traum
und dies erleben werd' ich kaum
doch diese Frau macht mich verrückt
wer weiss ob es mir einmal glückt.

Ich träume weiter von dem Busen
um irgendwann damit zu schmusen
und unterdrücke meine Lust
bis sie mal sagt „Küss mir die Brust."

Die Lady.....

....sie steht spät auf,
geniesst den Morgen
liegt lang im Bett
ganz ohne Sorgen.

Das einzige was sie plagen kann
ist das "was zieh' ich heute an?"
Doch bei den vielen Wäschesachen
braucht sie sich keine Sorgen machen.

Nur bei der Unterwäsche dann
es doch noch Sorgen geben kann
denn ihre Brust ist übergross
wie passt die in den BH bloss.

Sie nimmt sich so ein grosses Teil
oh Gott sind diese Körbchen geil
denn vorne ist da je ein Loch
da wo die Warze ist. Herz poch!!

Da schiebt sie nun die Brüste rein
platziert die Warzen da hinein
die prall durch diese Löcher dringen
und einem fast ins Auge springen.

Ihr Dekolleté ein Riesengraben
da würde gern man sich dran laben
der Busen wölbt sich weich empor
da treten Männeraugen vor!

Die Taille schlank der Hintern gross
wie zähmt sie diese Backen bloss
ein enges Mieder muss es sein
da presst sie alles dies hinein.

Wie eine Wespenkönigin
steht sie nun da schaut doch mal hin!
Nun werden Strümpfe hochgezogen
das feinste Zeug echt nicht gelogen.

Der Anblick dieser strammen Beine
tut in der Hose nun das Seine
bei Strümpfen mit dem Seidenglanz
da reckt sich wirklich jeder Mann.

Ich glaub' ich spinn', ich werd' besessen
sie hat doch wirklich was vergessen
unter dem Mieder keine Hose
man sieht die blank rasierte Dose.

Zwei kleine Ringlein daran funkeln
da findet sicher auch im Dunkeln
die Einflugschneise jeder Jet
der gern' mal hier gelandet hätt´.

Ein kurzes Kleid noch oh wie prächtig
darin die Brüste gross und mächtig
jetzt noch die Schuhe viel Absatz
so geht sie in die Stadt der Schatz.

Sie geht nicht sie nimmt ihren Schlitten
im Cabrio die Riesentitten
das Kleidchen hochgezogen weit
beim Fahren sind die Beine breit.

Da schaut ein Kerl so vom Trottoir
sieht nicht dass da 'ne Lampe war
und schon liegt er betäubt im Staube
was nun passiert ich fast nicht glaube....

Sie stoppt sofort steigt aus dem Wagen
'ne Hilfsbereite muss ich sagen
sie bückt sich über diesen Mann
der glaubt nicht was er sehen kann.

Kaum ist er wieder bei den Sinnen
da glaubt er schon er würde spinnen
jetzt geht's ihm plötzlich nicht mehr mies
er glaubt er sei im Paradies.

Vor ihm zwei Riesenkugeln baumeln
da kommt er gleich wieder ins Taumeln
"Steig ein bevor es wieder dunkelt"
sagt sie nicht nur ihr Auge funkelt.

Jetzt hat sie ihn total geweckt
weil in der Hose sich was streckt
und schnell steigt er in ihren Wagen
"Tschuldigung" noch wollt' er sagen.

Sie saust nun los nicht in die Stadt
weil besseres sie gefunden hat
zur Villa braust sie durch das Tor
sie hat nun was ganz anderes vor.

Nimmt seine Hand die Superpuppe
und setzt ihn auf die Polstergruppe
"Es wird schon noch was mit uns beiden"
ich muss mich nur mal anders kleiden.

Verschwindet kurz und kommt dann wieder
nicht mehr mit BH und mit Mieder
in einem Krankenschwesternkleid
ist sie zur Pflege nun bereit.

Die Strümpfe sind nun halterlos
und seine Augen werden gross
als er unter den Kittel schaut
darunter da ist nichts als Haut!

Sie nimmt von diesem armen Tropf
in ihre Hände seinen Kopf
mit viel Gefühl sie ihn nun pflegt
den Kopf an ihren Busen legt.

„Hier kannst Du ihn mal ruhen lassen
Du darfst auch meine Brust anfassen"
sagt sie und nimmt dann seine Hand
und schiebt sie gleich in ihr Gewand.

Die Brust so gross die Nippel hart
er streichelt ihr den Busen zart
so viel Natur in seiner Hand
das bringt ihn fast um den Verstand.

Sie kühlt den Kopf ihm mit dem Tuch
"Steh' einmal auf, mach 'nen Versuch"
das flüstert leise sie ins Ohr
"ach schau' da steht schon etwas vor!"

"Ich glaub' Dein Kopf wird nicht mehr schlimmer
wir gehen besser auf mein Zimmer"
sagt Lady die ihn sanft berührt
und ihn ins Luxuszimmer führt.

"Komm steig' aus Deinen schmutzigen Sachen
die Zofe wird sie sauber machen
und leg' Dich dann auf's grosse Bett"
Mann ist diese Schwester nett!

Er möchte vorher aber duschen
"Gibt´s nicht!" sagt sie, "jetzt musst Du kuschen!
Bei diesem Kopfstoss zu gefährlich!"
da hat sie recht sie meint es ehrlich.

"Du wirst Dich in die Wanne legen
da kann ich Dich viel besser pflegen
und fängst Du plötzlich an zu lallen
da kannst Du wenigstens nicht fallen."

Er glaubt er sei in einem Traum
in diesem zarten Seifenschaum
wo ihre Hand über ihn gleitet
und zielbewusst ihn vorbereitet.

Wenn sie sich bückt könnt' er frohlocken
beim Blick auf ihre Riesenglocken
er weiss auch kaum wie ihm geschieht
als er dann ihre Ringlein sieht.

Beginnt die Zunge raus zu strecken
und möchte einmal daran ....
es ist ganz nahe das Gefunkel
doch plötzlich wird es wieder dunkel.

Ganz langsam wird es wieder Licht
ein Mann mit Beule im Gesicht
liegt auf den Boden ganz allein
so kurz können nur Träume sein.

Jener Freitag

Des Nachts da lieg' ich öfters wach
denk über jenen Freitag nach
als ich den Busen durft' verwöhnen
all' die Gefühle diese schönen,
das was ich jahrelang vermisst
wurd' endlich wieder mal geküsst.

Du nahmst mich sanft in Deinen Arm
ich spürte Deine Brust ganz warm
Du hast vom BH sie befreit
zum Streicheln lag sie nun bereit
ganz schüchtern hab ich dran geleckt
den Nippel in den Mund gesteckt.

Du nahmst die Brust in Deine Hand
die Warze mir entgegen stand
so konnte gar nichts mehr verrutschen
ich konnte kräftig daran lutschen
ich saugte kreiste küsste fest
weil uns das wieder jung sein lässt.

Schon damals hat mich das entzückt
nach Busen war ich ganz verrückt
im Sommer dort im Neckertal
sah' ich die Brust zum ersten Mal
mit Vorsicht hatt' ich sie berührt
die Freundin hat mich dann verführt.

Sie hatte einen grossen Busen
und liess mich öfters damit schmusen
das war für mich das Paradies
auch als sie später mich verliess
liebte ich weiter grosse Brüste
die man halt nur finden müsste.

Ich fand dann später meine Frau
wenn ich auf ihren Busen schau
der auch sehr gross und reizvoll ist
wie gerne hab ich den geküsst
doch das ist schon sehr lange her
seit Jahren lässt sie mich nicht mehr.

Nun gibt es Dich Du Busenfee
und wenn ich Deine Brüste seh'
dann will ich zärtlich sie berühren
und zum Geniessen Dich verführen,
ich weiss Du liebst das Busenspiel
und auch mir gibt das sehr viel.

Gedicht für Dich Karola....

...in Anbetung Deiner göttlichen Brüste.

Seit Jahren träum' ich nächtelang
hab' einen solchen Busendrang
seit ich zum ersten Mal entdeckt
was so in Deiner Bluse steckt.

Erst glaubte ich das gibt's doch nicht
die Brust mit so einem Gewicht
und all das ist echte Natur
Busen über Busen pur.

Erst sah ich Deine Bilder an
mit Riesenbrüsten Mann oh Mann
im Monster-BH teils verpackt
und andere die Brust ganz nackt.

Mit Höfen gross wie Untertassen
die möchte' ich gerne mal anfassen
ganz zärtlich mit der Zunge lecken
den Nippel in den Mund mir stecken.

Im Film hab ich das dann betrachtet
und bin dabei doch fast verschmachtet
als Markus Deine Brust verwöhnte
Karola dabei leise stöhnte.

Der hatte wirklich viel zu tun
und durfte an der Brust dann ruh'n
dabei hast Du ihn fast erstickt
ich war davon total entzückt.

Danach kam ich dann zum Entschluss
dass ich das irgendwann auch muss
ich möchte Dich gern kennenlernen
doch wann das steht noch in den Sternen.

Doch träume ich schon Tag und Nacht
von Deiner grossen Busenpracht
wenn Glocken mein Gesicht bedecken
darf ich dann Deine Nippel lecken?

Ich möcht' sie streicheln und auch küssen
und kräftig daran saugen müssen
dann stundenlang Dich so verwöhnen
auch Otto bringt Dich gern zum stöhnen.

Und dabei bleib ich auch ganz lieb
und unterdrücke meinen Trieb
denn Du allein sagst was ich darf
Dein Busen aber macht mich scharf.

'Universum'

Die Augen funkeln wie zwei Sterne
und auch das Andere seh' ich gerne
dies Universum eine Pracht
da möchte ich die ganze Nacht
diese Planeten gern entdecken
und meinen Kopf dazwischen stecken.

Die Wirkung der Gravitation
erkennt man da ein wenig schon
das ist Natur so muss es sein
am liebsten tauch' ich da hinein
in diese unbekannten Welten
wo nur Naturgesetze gelten.

Mit Vorsicht alles aussondieren
und dabei dies und das probieren
erforschen wo ich landen kann
die Neugier steckt in jedem Mann
und sollte ich mich zu weit wagen
brauchst Du nur einfach nein zu sagen.

Unter der Planetenhülle
gibt's Unbekanntes oft in Fülle
mit grossen dunklen Riesenflecken
Erhebungen die hoch sich recken
im Schein der Sonne sie hell strahlen
ein Künstler würde das gern malen.

Unendlich ist wie Forscher sagen
der Raum für jene die es wagen
ganz neue Wege zu begehen
um immer Neues dort zu sehen
und dann mit Technik es erkunden
das sind dann wirklich Sternenstunden.

Ganz schwerelos im Raum zu gleiten
kann Glücksgefühle mir bereiten
und lande ich dann sanft im Ziel
bedeutet es mir wirklich viel
dass jemand mir das möglich macht
in einer sternenklaren Nacht.

Traumerlebnis

Ich drücke auf den Klingelknopf
so manches geht mir durch den Kopf
was darf ich heute wohl erwarten?
Spiele nach verschiedenen Arten?
Dann plötzlich geht die Türe auf
und es verschlägt mir fast den Schnauf
da steht ein wirkliches Prachtweib
ein Morgenrock umhüllt den Leib.

Im schwarzen Stoff mit Seidenschimmer
geht sie voraus ins Liebeszimmer
das wir gemietet heut' für Stunden
um gegenseitig zu erkunden
was uns beiden Freude macht
um hemmungslos die ganze Nacht
uns gegenseitig zu verführen
und Prickeln auf der Haut zu spüren.

Erst trinken wir ein Gläschen Sekt
dann wird die Neugierde geweckt
als ihre Hand mein Bein berührt
und meine Hand den Busen spürt
dann folgt ein intensiver Kuss
und das mit Zunge, ein Genuss!
Sie drückt mich fest an ihre Brust
nun steigert sich auch meine Lust.

Der Mantel fällt langsam herunter
nun wird mein Kleiner aber munter
beim Anblick dieser wahren Pracht
da hat es bei mir "klick" gemacht
im BH und mit Strumpf und Straps
gibt sie mir einen frechen Klaps
herrlich so fast ohne Hülle
seh' ich ihre wahre Fülle.

Da ist erst mal der Riesenbusen
ich möchte gerne damit schmusen
Die Hüften die sind wirklich breit
und meinen Augen werden weit
beim Blick auf ihren grossen Po
denn ich liebe das ja soooo!
Da hat 'Mann' alle Hände voll
drum finde ich das einfach toll.

Sie nimmt mich zärtlich bei der Hand
und führt sie ins gelobte Land
ich fühle ihre ganze Hitze
kein Wunder wenn ich auch schon schwitze
"Du hast mich richtig scharf gemacht"
sagt sie glücklich und sie lacht
"Komm leg' Dich nun auf deinen Rücken
ich werde Dich speziell beglücken".

Sie setzt sich frech auf meinen Bauch
da spür' ich ihre Wärme auch
die Brüste schaukeln hin und her
Mann sind diese Dinger schwer!
Ich kriege sie ja kaum zu fassen
sie wird sie doch nicht fallen lassen?
Das ist ja ganz schön viel Gewicht
schon plumpsen sie in mein Gesicht.

„Hinnfffe, igh knniege keinnnne Nnnnnnuffft!"
Mein Atem der ist gleich verpufft
sterbe ich den schönsten Tod?
Meine Atmung ist bedroht!
Sie gibt mich frei ich atme wieder
sie setzt sich weiter oben nieder
die Muschi knapp vor dem Gesicht
ich glaub' es kaum sie wird doch nicht.....

Vor meinem Mund kniet sie direkt
und möcht' den Kitzler nun geleckt
während ich die Zunge spitze
kommt näher diese feuchte Ritze
die Klit' die wird nun sanft berührt
mein Gott wer weiss wohin das führt!
Sie stöhnt schon laut und ganz entrückt
während sie mich niederdrückt.

In mir da steigt nun auch die Lust
ich greife nach der grossen Brust
massiere sie mit beiden Händen
oh bitte lass es noch nicht enden
sie dreht sich um ich seh' nur Po
ja so herum geht's ebenso
ich lecke weiter mit Elan
und sie nimmt meinen Kleinen dran.

Sie lutscht ihn kräftig an der Spitze
und verhindert dass ich spritze
macht wieder langsam mit Bedacht
so schnell wird noch nicht Schluss gemacht
ihr Mund geht vor und dann zurück
ich könnte platzen jetzt vor Glück
wir beide zucken halb benommen
und sind zusammen dann gekommen.

In Gedanken versunken

Was hat mich da wohl nur geritten
mein Hirn denkt wieder nur an Titten
an Brüste rund und riesengross
mein Kopf der liegt auf ihrem Schoss
und über mir die Wahnsinnsglocken
mein Mund der wird vor Lust ganz trocken.

Sie streichelt sanft mir durch das Haar
und das Gefühl ist wunderbar
so könnt' ich stundenlang hier liegen
wenn über mir sich Brüste wiegen
sie neigt sich vor du glaubst es nicht
die Warze drückt in mein Gesicht.

So lasse ich mich gerne bitten
und saug' genüsslich an den Titten
den Mund weit auf den Nippel rein
bei ihr da möcht' ich Baby sein
dann nuckle ich da stundenlang
dabei da wird mir gar nicht bang.

Ich hab doch gar noch nichts getrunken
doch plötzlich bin ich ganz versunken
hab keine Luft ich werd verrückt
sie hat mich ganz hineingedrückt
in ihre wohlgeformte Pracht
mein lieber Mann jetzt wird es Nacht.

Sie sagt: „ Ich hab Dich doch gebeten
nicht nur zu saugen sondern kneten
fängst Du nicht an sie jetzt zu pressen
so kannst Du deine Luft vergessen
ich lass Dich fast daran ersticken
zur Strafe musst Du mich dann küssen."

Jetzt bin ich wach der Film gerissen
mein Kopf steckt unter meinem Kissen
die Decke wölbt sich ist ja klar
der Traum war trotzdem wunderbar
ja es ist hart so zu erwachen
doch lass uns dieses Spiel mal machen!

Hexensabbat

Einsam geh' ich durch den Wald
es ist draussen gar nicht kalt
ich erkunde das Gelände
es ist Sommersonnenwende.

Was kann das dort drüben sein
ich sehe einen Feuerschein
das was ich sehe glaub' ich nicht
reib mir die Augen im Gesicht.

Zuckend tanzen nackte Leiber
und das alles sind nur Weiber
mit grossem Arsch und Riesenbrüsten
Mann wie würd' es mich gelüsten....

....da mal richtig hin zu fassen
mich davon verwöhnen lassen
die Lippen hab ich mir geleckt
ich hoffe ich bleib' unentdeckt.

Doch der Tanz hält plötzlich inne
und ich glaube gleich ich spinne
es kommt eine auf mich zu
ich weiss nicht was ich jetzt tu'.

Besser ist ich renne weg
doch ich komme nicht vom Fleck
wie angewurzelt bleib ich stehen
mein Gott wie soll das weitergehen.

Sie ruft laut: „Da ist ein Mann
der uns alle sehen kann!"
jeder weiss es ist verboten
zu sehen das was hier geboten.

Ich versteh' die Welt nicht mehr
denn plötzlich kommen alle her
aus dem Busch werd' ich gerissen
und auf den Boden dann geschmissen.

Eine beugt sich über mich
oh mein Gott was sehe ich?
Der Anblick bringt mich gleich zum taumeln
als über mir die Glocken baumeln.

Jetzt kommt noch eine zweite dritte....
....sie schleppen mich in ihre Mitte
und in wenigen Sekunden
bin ich plötzlich festgebunden.

Wie mir geschieht das weiss ich nicht
hab' gleich ne Titte im Gesicht
sofort werd ich ausgepackt
dann lieg' ich da bin völlig nackt.

Dann zu dieser Geisterstunde
hab' einen Nippel ich im Munde
unten wird auch schon gesaugt
um zu sehen ob er taugt.

So was kann man nicht vergessen
denn sogleich ist sie aufgesessen
ich am saugen an den Titten
und unten werd' ich zugeritten.

Das dauert mehr als eine Stunde
die Weiber machen jetzt die Runde
ja diese Weiber sind nicht dumm
Gang Bang einmal anders rum.

Dann fliegen sie los auf ihren Besen
so als wäre nichts gewesen
sie winken noch mit ihren Titten
und sind dann in die Nacht geritten....

An meine Geliebte

Ich klingle die Türe öffnet sich
im Negligé so seh' ich Dich
stehst hinter Deiner Wohnungstür
und sagst: "Komm schnell herein zu mir".

Ich husche gleich zu Dir hinein
wir wollen ganz alleine sein
den ganzen Tag und auch die Nacht
weil uns das so viel Freude macht.

Die Tasche stell' ich in die Ecke
die Hand nach Deinem Busen strecke
der ist so herrlich warm und weich
dann küssen wir uns beide gleich.

Dein Kuss hat soviel Leidenschaft
derweil sich meine Hose strafft
ein Zungenkuss mit sanfter Gier
gefällt uns beiden Dir und mir.

Ich greife sanft an Deine Brust
dazu hab' ich nun wirklich Lust
und Du nimmst meine zweite Hand
und schiebst sie unter Dein Gewand.

Da ist es feucht und richtig heiss
weshalb ich nun ganz sicher weiss
darauf freust Du Dich schon ganz lange
und Deine Hand greift nach der Stange.

Du setzt Dich gleich auf meinen Schoss
du lieber Gott was mach ich bloss
zumal wir in der Küche sind
ich möchte duschen ganz geschwind.

Da steh' ich dann ganz eingeseift
als plötzlich eine Hand mich greift
Du hast mein Ding in Deiner Hand
das noch nie so heftig stand.

Hab' mir 'ne Pille geben lassen
so hast Du wirklich mehr zu fassen
dann wird die Seife abgespült
ich hoffe dass ER nicht abkühlt.

Du sagst: "Mach dir mal keine Sorgen
ich werd's dir mit dem Mund besorgen
ich mach' ihn wieder gross und kräftig
und hoff' du leckt mich dafür heftig".

Im Schlafgemach seh'n wir uns wieder
lassen uns auf dem Bette nieder
Du legst Dich zu mir in den Arm
gibst mir mit Deinem Körper warm.

Ich fasse sanft an Deinen Busen
beginne auch damit zu schmusen
ich küsse und ich sauge fest
und das so lange Du mich lässt.

Spätestens jetzt da wird Dir klar
der Otto ist ein Busen-Narr
kann nicht genug davon bekommen
und hat den Mund ganz voll genommen.

Ich sauge lecke und ich küsse
weil Brüste ich schon lang vermisse
und da kommst Du mit Deiner Pacht
und versüsst mir diese Nacht.

An Deinen Warzen will ich nippen
und küsse Dich auch auf die Lippen
und zu fortgeschrittener Stunde
nicht nur die Lippen an dem Munde.

Zu Deinen Schenkeln drängt mein Kopf
die Zunge sucht da einen Knopf
der Dich auch gleich zum Stöhnen bringt
wenn meine Zunge tiefer dringt.

Man merkt es macht Dir richtig Spass
denn da unten wird's ganz nass
weil meine Hand nun tiefer rutscht
ist gleich der Finger reingeflutscht.

Der dringt jetzt tiefer in die Ritze
und spürt da drin die grosse Hitze
nun wird Dein G-Punkt stimuliert
Dein ganzer Körper der vibriert.

Ich trockne schnell mal meine Lippen
will wieder an dem Busen nippen
das werd' ich später machen müssen
denn nun willst du mich richtig küssen.

Du öffnest zärtlich Deinen Mund
tust mir ganz ungezwungen kund
Du sucht da was in meinem Schoss
und machst IHN durch das Lutschen gross.

Ich hoffe ER wird etwas taugen
vor Lust kriegst Du ganz grosse Augen
was Deine Lippen zart umfassen
das kann sich langsam sehen lassen.

Du steigerst langsam meine Lust
ich fass' Dir zärtlich an die Brust
reibe die Warze sanftes Pressen
am liebsten würd' ich Dich auffressen.

Komm gib mir Deinen weichen Busen
ich möcht' ganz lange damit schmusen
mit beiden Händen danach fassen
darfst ihn auch gerne hängen lassen.

Und plötzlich sehe ich Dich nicht
mit Deinen Glocken im Gesicht
die Brust bedeckt mir beide Augen
komm lass mich wieder daran saugen.

Du legst die Brust auf meine Lippen
und ich beginne gleich zu nippen
saug' Deinen Nippel richtig fest
weil Du mich einfach machen lässt.

Nun saug' ich schon 'ne Viertelstund
die Brust füllt schon den halben Mund
so saug' ich fest und immer fester
bin halt ein richtiger Busentester.

Und ich merk' es macht Dir Spass
die Muschi die wird langsam nass
ich streichle drüber mit dem Finger
und bin ein richtiger Eindringer.

Komm mach nun Deine Beine breit
meine Zunge ist bereit
über den Kitzler nun zu gleiten
will ganz viel Freude Dir bereiten.

Die Muschi die wird nass und nässer
das Eindringen geht immer besser
der Finger flutscht nun tief hinein
dürfen es zwei Finger sein?

"Oh gerne" höre ich Dich stöhnen
so mach' ich weiter mit Verwöhnen
ich nehm' den zweiten Finger prompt
und küss' bis Dein Orgasmus kommt.

Möchte was gut machen....

Sorry für den schlechten Start
es ist sonst nicht so meine Art
dermassen heftig auszurasten
wie die Katz' vor'm Vogelkasten.

So bin ich eigentlich sonst nicht
drum schreibe ich Dir ein Gedicht
möcht' so Dich um Verzeihung bitten
der Teufel hatte mich geritten.

Ich kann in letzter Zeit kaum 'pfusen',
seh' immer wieder Deinen Busen
wie er vor meinen Augen schaukelt
heisse Erotik mir vorgaukelt.

Ich steh' nun mal auf grosse Brüste
da kommen wirkliche Gelüste
Dich mit der Kamera abzulichten
und noch ganz andere Geschichten....

Ich würde gerne mal probieren
Dich wirklich zärtlich zu massieren
meine doch sehr zarten Hände
erkunden sanft dann das Gelände.

Wenn grosse Brüste ich verwöhne
dann ist dabei das wirklich Schöne
wenn sie es einfach voll geniesst
und unter mir beinah' zerfliesst.

Ich möchte einer Frau was geben
Du solltest wirklich mal erleben
wenn ein Mann alles dran setzt
sie kommt zuerst und er zuletzt.

Ich hab's auch schon mit Öl probiert
die Frau nicht einfach eingeschmiert
geölt gefühlvoll Teil um Teil
sie sagte es sei wirklich geil.

Und siehst Du solche geile Sachen
würd' ich auch gerne mit Dir machen
die öligen Körper die ganz warmen
liegen sich dann in den Armen.

Ich streichle zärtlich Deinen Rücken
und würdest Du Dich dann mal bücken
um mir auch etwas zu massieren
da könnte leicht etwas passieren....

Ja im Moment ist's Fantasie
ich hoffe sehr Du sagst nicht nie
wir beide könnten soviel machen
vielleicht sogar mal was zum Lachen.

Sex und Erotik sind doch Spiele
da gibt's der Varianten viele
mit Toleranz und Fantasie
versiegt die Lust doch einfach nie.

Die Überraschung

Die Einladung zu ihr nach Haus'
schlage ich bestimmt nicht aus
ich werde gerne sie besuchen
bei Tee Kaffee oder auch Kuchen.

Diese Frau alles Natur
hat eine herrliche Figur
und was ich da an Kurven sehe
ist genau worauf ich stehe.

Da fahr' ich hin sage ich mir
ich geh' zum ersten Mal zu ihr
hab' bisher nur ein Bild gesehen
nun wird sie endlich vor mir stehen.

Sie wohnt weit ausserhalb der Stadt
was sicher auch Vorteile hat
ich park' direkt vor diesem Haus
und such' die richtige Klingel aus.

Doch Klingeln gibt's nur eine hier
gehört das ganze Haus denn ihr?
Was ich auf dieser Klingel seh'
ist nur ein Name: Lady G.

Da drück' ich drauf ich hör' es läuten
das Klappern könnte wohl bedeuten
dass sie sehr hohe Schuhe trägt
weil Absatz auf die Treppe schlägt.

Nun steht sie da was für ein Traum
ich find' die richtigen Worte kaum
um dieser Frau hallo zu sagen
mein Puls schlägt hoch bis an den Kragen.

„Komm doch herein ich beisse nicht"
sagt sie mit lachendem Gesicht
und gibt die Hand mir dann zum Gruss
derweil ich nur noch staunen muss.

Und wie sie meine Hand so hält
seh' ich schon das was mir gefällt
denn was die Bluse noch verhüllt
zeigt mir schon sehr gut gefüllt.

Sie geht vor mir die Treppe rauf
und das verschlägt mir fast den Schnauf
im Kleid ist auch ein grosser Hintern
da würd' ich gerne überwintern.

Sie lädt mich in den Salon ein
ich glaube sie wohnt hier allein
mag sein dass ich mich irren kann
doch hier gibt's nichts von einem Mann.

Der Kaffee duftet schon sehr fein
„Soll's Zucker und auch Sahne sein?"
fragt mich die Lady nun ganz nett
ich sag' dass ich gern beides hätt'.

Sie bückt sich und schenkt Sahne ein
der Ausblick könnt' nicht schöner sein
denn was ich seh' sind schwere Brüste
da kommen mir doch gleich Gelüste.

Sie sieht wohin mein Blick jetzt geht
und noch bevor mir etwas steht
dreht sie sich weg und holt den Kuchen
ich soll doch mal davon versuchen.

Der Kuchen der sei selbst gemacht
sagt sie zu mir wobei sie lacht
in dem Moment denk' ich daran
was hat sie da hinein getan?

Schmeckt nach Kakao und Kokosnuss
wobei ich hier schon sagen muss
da ist noch etwas anderes drin
weil plötzlich ich so locker bin.

Ich fühl' mich wie auf Wolke sieben
was hat sie da hinein gerieben?
Selbst in den Fingern kann ich's spüren
ich möcht' jetzt irgendwas berühren.

„Ich komm' gleich wieder, wart' mal hier"
sagt dann die Lady leis' zu mir
verschwindet dann aus diesem Raum
erfüllt sich vielleicht jetzt ein Traum?

Das dauert aber wirklich lange
da wird mir schon ein bisschen bange
ich bin ein wenig irritiert
weiss nicht was sie jetzt anprobiert.

Die Türe geht sie tritt herein
was ich da sehe kann nicht sein
ich traue meinen Augen kaum
denn vor mir steht ein Gummitraum.

Das Gesicht sieht seltsam aus
es schaut aus einer Haube raus
die ist aus Gummi und ganz eng
das macht ihre Züge streng.

Auch Hand und Arm im Gummi steckt
mit Handschuhen total bedeckt
die bis zu den Achseln gehen
von nackter Haut nichts mehr zu sehen.

Das gleiche gilt für jedes Bein
hier muss auch alles Gummi sein
Strapse halten hier den Strumpf
und der geht hoch bis an den Rumpf.

Und oben drüber ein Korsett
auch das aus Gummi sehr adrett
die Taille wird extrem betont
der Anblick etwas ungewohnt.

Dann dann das Beste unbestritten
sind ihre grossen Gummititten
ganz eng umhüllt ist jede Brust
oh mein Gott jetzt krieg ich Lust.

Ich finde diesen Anblick toll
weiss nicht wohin ich gucken soll
ich schaue weg und wieder hin
weil ich nun mal schüchtern bin.

Der Lady ist das nicht entgangen
denn sie merkt ich bin befangen
in Wechselbad von Scheu und Lust
mit starrem Blick auf ihre Brust.

Doch als sie immer näher rückt
wirkt mein Blick schon fast entzückt
ich glaube ich krieg' keine Luft
doch ich rieche Gummiduft.

Für mich ganz neu ich bin erregt
derweil sich unten was bewegt
mein lieber Mann bleib jetzt ganz cool
und nicht bewegen auf dem Stuhl.

So sitz' ich hier total gebannt
dann spüre ich die Gummihand
ganz sanft berührt sie meinen Arm
ich merk' das Gummi ist ganz warm.

Nun fährt die Hand zu meinem Nacken
oh Gott die Lady will mich packen
ich habe plötzlich Angst statt Lust
dann drückt sie mich an ihre Brust.

Durch die dünne Gummihaut
spür' ich den Nippel dieser Braut
sie zielt damit auf meinen Mund
schlägt mir nun die letzte Stund'.

Ohne Luft wird's wirklich heftig
denn dafür drückt sie viel zu kräftig
zwingt mich dadurch damit zu schmusen
mit diesem grossen Gummibusen.

Komme mir vor als kleiner Junge
mit Gummiduft an meiner Zunge
saug' ich wie an der Mutterbrust
und immer grösser wird die Lust.

Die Hand greift an ihr Gummibein
ich spür' das Latex zart und fein
zum Po greift meine andere Hand
auch da total Gummigewand.

So langsam wird mir endlich klar
was das dort an der Klingel war
der Lady G gehört das Haus
sie ist 'ne echte Gummimaus.

Und wie bei denen oft der Brauch
Domina das ist sie auch
das werde ich bestimmt bald spüren
sie will mich mehr als nur verführen.

„Los komm wir gehen jetzt ins Zimmer!"
kann sein jetzt kommt es etwas schlimmer
ich habe Angst und geh' doch mit
ihr hinterher auf Schritt und Tritt.

Dort werde ich aufs Bett gesetzt
und mein Blick wird leicht entsetzt
oh mein Gott ich armer Tropf
sie stülpt mit etwas auf den Kopf.

Mich zu wehren das geht nicht
die Maske deckt nun mein Gesicht
ich kann nichts hören und nichts sehen
oh je wie soll das weiter gehen.

Nur Nasenlöcher hat das Teil
kann sein sie findet das sehr geil
ein Mann in solchen Gummidingen
doch ich muss nach der Luft nun ringen.

Sie nimmt mich nun als Untertan
weil ich mich nicht mehr wehren kann
Was will sie alles mit mir machen?
Steckt sie mich nun in Gummisachen?

Sie zieht mir alle Kleider aus
nun steh' ich nackt in diesem Haus
hoffentlich sind wir allein
zu dritt das möchte ich nicht sein.

Genaueres kann ich nicht sagen
es wird da etwas aufgetragen
sie reibt mir irgend etwas ein
Gummigleitmittel könnt' es sein.

Was nun passiert ist nicht gelogen
mir werden Strümpfe angezogen
ich spüre es muss Gummi sein
denn es engt unheimlich ein.

Da gibt es wirklich kein zurück
das Ganze ist an einem Stück
mein ganzer Körper muss hinein
das kann nur ein Catsuit sein.

Sie zieht an diesem Reissverschluss
ich bin gummiert von Kopf bis Fuss
so kann ich mich nicht mehr befrei'n
und muss ihr Gummisklave sein.

Nun ist die Frau nicht mehr so nett
sie wirft mich um auf ihrem Bett
wie man so zu sagen pflegt
werde ich aufs Kreuz gelegt.

Die Beine werden festgebunden
und die Hände auch umwunden
sie bindet mich mit weichem Seil
und irgendwie find' ich das geil.

Dann verlässt sie dieses Zimmer
aber bitte nicht für immer
von der Stirne rinnt der Schweiss
unter der Maske wird mir heiss.

So liege ich nun eine Weile
festgezurrt durch diese Seile
ganz leise hör' ich ihre Schritte
und schon berührt mich eine Titte.

Die Brust ist nicht mehr eingepackt
ich merke diese Haut ist nackt
total in Gummi steckt der Rest
wird das nun ein Busenfest?

Oh nein das tut sie sicher nicht
sie drückt mir etwas aufs Gesicht
ich kann's nicht sehen so gemein
das muss 'ne Gummimaske sein.

Ich kann nichts an der Sache ändern
sie zieht fest an den Gummibändern
sie liebt wohl diese Spielchen sehr
doch mir fällt nun das Atmen schwer.

Sie schraubt den grossen Filter drauf
durch diesen ich nun mühsam schnauf'
das Ausatmen geht auch sehr streng
denn die Membran dazu ist eng.

So lieg' ich da total ergeben
zum ersten Mal in meinem Leben
und Brüste sanft über mich gleiten
dann steigt sie auf um mich zu reiten.

Hab's nie gemacht auf diese Art
mein Gummizipfel wird ganz hart
während sie ihn kräftig reibt
und am Schluss dann einverleibt.

Nun steck' ich tief in ihrer Dose
besser gesagt in ihrer Hose
denn die Muschi ist nicht nackt
ist auch mit Gummi voll verpackt.

In diesem Gummi-Innenteil
steckt er nun drin ich find' es geil
alles ist hier eng umhüllt
mit Gummi ist sie ausgefüllt.

Festgezurrt soll es nicht enden
sie löst das Seil von meinen Händen
und drückt sie fest an ihre Brüste
die ich nun massieren müsste.

Mich dominiert das Gummiweib
mit ihrem kurvenreichen Leib
ich knete kräftige ihre Titten
und werde dabei hart geritten.

Mit Gasmaske auf meinem Kopf
schnaube ich laut ich armer Tropf
ich habe Angst fast zu ersticken
doch sie hört nicht auf mit .... reiten.

Viele viele Busenspiele

Mal ehrlich Ladies und nicht lachen
auch ihr träumt manchmal von so Sachen
die Brust mal speziell zu reizen
und mit Spielsachen nicht geizen.

Den Vibi an die Warze halten
dann das Motörchen einzuschalten
das kribbelt und tut auch sehr gut
dazu da braucht's noch keinen Mut.

Probiert hat dies schon jede Frau
doch glaubt es mir ich weiss genau
nicht nur von einer sondern vielen
ihr träumt noch von ganz anderen Spielen.

Wer hat nicht schon in scharfen Stunden
den BH um die Brust gewunden
sogar den Bademantelgurt
zwei- dreimal stramm darum gezurrt.

Vom Spargelbund das Gummiband
die eine um die Brust sich wand
die andere nimmt ein Wäscheseil
um drum zu wickeln das ist geil.

Getränkeflasche heiss gespült
und aufgesetzt vor abkühlt
die saugt sich um den Nippel 'rum
denn es entsteht ein Vakuum
doch würde Frau sie heiss ansetzen
da könnte sie sich stark verletzen.

Drum lasst bei solchen Extrasachen
mal mich doch diese Spielchen machen
ich kenn' ein Spielzeug ganz famos
und absolut gefahrenlos.

Weil so ne Flasche gar nichts taugt
hab ich was besseres das saugt
da gibt´s doch diese Kunststoff-Kuppen
die saugen kräftig an den Puppen.

Rückschlagventilchen an dem Schlauch
verhindern da ja schliesslich auch
das wieder Eindringen von Luft
weil s'Vakuum sonst gleich verpufft.

Die Vakuumpumpe angeschlossen
da pumpe ich dann unverdrossen
den Unterdruck grösser zu machen
dann schwellen an die geilen Sachen.

Und glaubt es mir ist nichts gelogen
die Nippel werden langgezogen
sieht super aus und tut nicht weh
ich werde scharf wenn ich das seh'.

Das Sauggeschirr kann grösser sein
dann passt die ganze Brust hinein
bestückt mit transparenten Glocken
haut mich der Anblick von den Socken.

Die ganze Brust hineingesaugt
da könnt ihr spüren was das taugt
benutzt ihr fleissig diese Sachen
könnt ihr die Brust noch grösser machen.

Und möchtet ihr die Brust gebunden
wird weiches Nylon-Seil gewunden
ein bisschen stramm und doch noch zart
da wird die ganze Kuppe hart.

Zu strammen Kugeln werden Hänger
und möchtet ihr es etwas strenger
braucht ihr mich nur darum zu bitten
ich mach' euch gern Bondagetitten.

Bondagespiele

Bin abends spät zu ihr gekommen
hab' alle Seile mitgenommen
denn heute soll sie einmal spüren
wie es ist sich stramm zu schnüren.

Das heisst sie wird sich schnüren lassen
denn keine Art will sie verpassen
an den Beinen und den Armen
wird sie geschnürt ohne Erbarmen.

Dann wird der Busen stramm gebunden
mit feinem Seil ganz eng umwunden
da wird sie prall und hart die Kuppe
sie ist meine Bondagepuppe.

Durch das Binden mit dem Strick
werden auch die Warzen dick
die Warzenhöfe werden gross
der Anblick der ist echt famos.

Wenn ich das sehe steigt Lust
ich sauge an der prallen Brust
umkreise ihre Nippel lange
und bekomme eine Stange.

Derweil sie sich nicht wehren kann
kommt nun ihre Muschi dran
und weil sie es so haben will
hält sie sich ruhig und bleibt still.

Sie öffnet ihren Mund ganz weit
ist für den Knebel nun bereit
ich hol' das Ding sehr gross und rund
steck ihr die Kugel in den Mund.

Die Leder-Riemchen mach ich fest
dass nichts mehr sich verrücken lässt
verbannt zu nur noch leisen Tönen
soviel sie will kann sie nun stöhnen.

Was geiles hab' ich auch dabei
das ist so ein Vibrator-Ei
gibt viele Frauen die es loben
es wird ganz tief hineingeschoben.

Nur die Antenne ist zu sehen
da fragt man sich wie soll das gehen
erst wird das Ding mal eingeschaltet
und mit dem Handy dann verwaltet.

Mit Bluetooth steuere ich das Teil
das macht die Sklavin wirklich geil
und weil gebunden ihre Hände
kommt's zu Orgasmen ohne Ende.

Weil sie es nicht entfernen kann
fängt's immer wieder vorne an
die Vibration wird wieder kräftiger
und die Höhepunkte heftiger.

Dann entferne ich das Teil
befreie Hand und Fuss vom Seil
der Knebel wird auch weggenommen
so liegt sie da noch leicht benommen.

Doch sie erholt sich ziemlich schnell
und ihre Augen werden hell
die Kleine ist schon wieder geil
und jetzt greift sie zu einem Seil.

Was macht sie in diesem Fall
sie bindet mir die Eier prall
das Blut kann vor doch nicht zurück
so wächst ER weiter Stück für Stück

Die Adern werden angeschwollen
fast wie wenn sie platzen wollen
der Prügel ist nun hart und gross
passt der denn noch in ihren Schoss?

Sie nimmt ihn erst zwischen die Lippen
und fängt genüsslich an zu nippen
den Mund den muss sie weit aufmachen
bei so richtig grossen Sachen.

Sie lutscht und saugt an meiner Kuppe
die gierige Bondagepuppe
doch dann lässt sie ihn in sich gleiten
und beginnt das Ding zu reiten.

Man denkt das kann doch gar nicht sein
doch der passt wirklich da hinein
es wird weiter in ihr drin
und sie spielt die Reiterin.

Heftig werd' ich zugeritten
ich greif an die Bondage-Titten
in der Hand die Brust so prall
ruf ich laut: „So komm doch mal!"

Doch sie möchte noch nicht kommen
ER wird noch härter ran genommen
das Ding wird grösser Stoss um Stoss
sie reitet weiter gnadenlos.

Ich pack sie fester an den Titten
so wurde ich noch nie geritten
jetzt werden ihre Nippel dick
bei diesem ausgefallenen.... Spiel.

Wie's weiter geht das kann man ahnen
ich werd' sie irgendwann besahnen
mit einer Menge heissem Saft
oh mein Gott bin ich geschafft !!

An meine Gummisklavin

Aus dem Bad ins helle Licht
trittst Du vor mich und siehst mich nicht
kannst mir nicht in die Augen schauen
und musst mir voll und ganz vertrauen.

Ich nehm' Dich erst mal in den Arm
und spür' des Gummi zart und warm
streichle die Maske in Deinem Gesicht
und sag zu Dir: „Komm fürcht' Dich nicht."

Ich stelle mich dann hinter Dich,
Dein Po der drückt sich weich an mich
dann werd' ich Deine Schultern küssen
"Darfst alles wollen und nichts müssen"
werde ich leise zu Dir sagen
und mich dann langsam weiter wagen.

In beiden Händen Deine Brust
da steigert sich schon meine Lust
für einen Busenfetischist
so was schon paradiesisch ist.

Ich streichle sanft auch Deinen Bauch
und Deine strammen Schenkel auch
die Hände überall hin gleiten
und Dich so langsam vorbereiten......

Ich sag' zu Dir komm bücke Dich
den Glockenbusen brauche ich
um mit Bondage nun zu starten
ich weiss Du kannst es kaum erwarten.

Sie müssen hängen oder schwingen
um sie recht in Form zu bringen
ich mach 'nen Samariterknoten
denn Vorsicht das ist hier geboten.

Ja um sie recht in Form zu setzten
und bestimmt nicht zu verletzen
muss Brüste man mit Sorgfalt pflegen
vorsichtig Schlauf' um Schlaufe legen.

Langsam wird sie prall die Brust
und das steigert Deine Lust
Du hältst es aus ohne Gejammer
der Busen der wird stramm und strammer.

Die Kuppe prall die Warze hart
was für ein wunderbarer Start
denn ich mach' keine halben Sachen
werd' mit der zweiten das auch machen.

Dann stehst Du da mit sanftem Beben
Du wolltest es doch mal erleben
das geile Brustbondage-Spiel
auch mir bedeutet das sehr viel.

Ins Zimmer wirst Du folgen müssen
dort werd' ich Deine Nippel küssen
bevor ich mit der Hand dran greif'
saug' ich Dir Deine Nippel steif.

Dann wirst Du auf den Stuhl gesetzt
ein Tuch darunter damit's nicht netzt
Füsse und Arme festgebunden
und ich verwöhn' Dich dann für Stunden............

To my big breasted goddess....

One restless night more
I saw breasts like never before
in my dream so beautiful and divine
please let me kiss them softly and fine.

I will lick your nipples for hours
they stand up like little towers
and areolas kissing all around
is the best game that I found.

If you turn me on my back
I feel your hot hands on my neck
your boobs are jiggle in my face
I think this is a heavens place.

You press your tits soft on my lips
my hands are grabbing to your hips
I can't breathe I has to suck
for one moment I think to f....

But we promised to each other
only kisses and tit smother
I fondle you and give my best
with hundred kisses on your breast.

To be continued....

Norma....

....from the record book
you have a really awesome look
your tits are heavy and so long
your BRA must be an extra strong.

Whenever I see these crazy tits
I'm in love with Norma Stitz
I really want to touch theses bells
and want to know how your skin smells.

I want to dip my head deep in
and want to think of a real sin
I want to knead it with my hands
until my heavy breathing ends.

Let me suck your nipples strong
in my mouth they getting long
and areolas getting bigger
let me be your titty digger.

Sit your body on my chest
to see your tits this is the best
they are right near at my face
I think I am in a heavens place.

You press the bells soft on my lips
my hands are trying to grab your hips
my trembling body starts to sweat
I hope this game ends in your bed.